순수한 마음을 갖게 하는

동시집

4

동시 와 함께 아름다운 마음밭을 가꾸어 봐요!

비 갠 뒤의 물기 머금은 이파리를 본 적이 있나요?

눈 내린 뒤의 새하얗게 눈 달린 나뭇가지를 감상해 본 적이 있나요?

참 아름다운 장면들이지요?

그래요. 이 세상에는 아름다운 것들이 참 많아요.

어여쁜 얼굴, 향기로운 꽃, 푸르른 하늘, 그리고 따뜻한 마음과 넘치는 사랑을 베푸는 사람들, 모두 무척이나 아름답습니다.

우리는 이 아름다움을 그림으로도 표현하고, 노래로도 나타내요.

또 시로 쓰기도 하지요.

그 중에서도 어린이들의 마음을 담은 동시는, 아름다움을 나타내기에 아주 좋은 표현 방식이라고 할 수 있어요. 그림과 노래를 함께 보여 줄 수 있기 때문이지요.

하지만 시가 꼭 아름다운 것만을 노래하는 것은 아니에요.

슬프고 가슴 아픈 이야기, 신나고 재미있는 이야기, 배꼽잡게 우스운 이야기도 모두 시로 표현할 수 있어요.

중요한 것은 솔직한 마음이 담겨 있는가 하는 거예요. 거짓 없는 마음

만이 읽는 사람의 마음을 진정으로 움직일 수 있기 때문이지요.

〈학년별 동시집〉에는 다양한 내용의 솔직한 시들이 많이 담겨 있어요.

어린이 여러분들의 마음을 누구보다도 잘 이해하는 우리 나라의 대표 동시 작가 선생님 120분의 작품을 모두 모았거든요.

여러분들이 읽기 편하게 학년별로 따로 구분을 했어요. 하지만 어느 학년의 시를 읽어도 같은 감동을 느낄 수 있을 거예요. 잘 된 시는 어느 누구에게나 좋은 느낌을 주는 것이니까요.

시를 쓰는 사람, 또 시를 읽는 사람의 마음은 결코 시들거나 녹슬지 않는다고 해요.

지금 이 책을 펼쳐든 여러분의 마음도 싱그럽고 푸르를 거예요.

그 잔잔하고 따스한 느낌이 이 세상 모든 이에게 번져 가기를 바래요.

그 역할을 좋은 동시가 담긴 〈학년별 동시집〉이 해 줄 거라고 굳게 믿고 있답니다.

차례

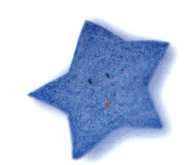

한나절 아지랑이
나루터에 머물어
긴 낚싯대 드리운
할아버지
뱃전에 졸고 있다.

—〈봄볕〉중에서

엄마야, 달빛을

유창근

달처럼
동그란
엄마 얼굴

엄마처럼
화안한
보름 달빛

하이얀 사발
소복소복
젖내 흐르는
달을 마시면
달빛을 마시면

달처럼 동그란
얼굴 되겠지.
엄마처럼 화안한
얼굴 되겠지.

이른 봄

백민

개울가
빨래 방망이 소리
겨울을 털어 낸다.

예서 제서
지지배배
눈 뜨는 소리

머언 산
나뭇가지 아기눈
봄맞이에 바쁘다.

졸졸졸
개울물은
이른 봄 실어 나른다.

13

꽃 잔치

이진호

봄바람 가마 탄
나비 아가씨
살구나무 꽃마을로
시집 오시네.

봄볕에 나비 아씨
살결 타실라
벌 도령님 꽃가루로
분을 만드네.

아지랑이 가마 탄
꿀벌 도령님
살구나무 꽃마을로
장가 드시네.

봄날 하루 벌 도령님
시장하실라
나비 아씨 단꿀 모아
저녁상 보네.

봄

김문기

　～지구 저 편 배고픔과 질병으로 사람들이 숱하게 죽어 간다는 나라의 한 어린이가 오늘은 빵 조각을 좀 얻어먹었는지, 힘이 생겼는지～

　발길질을 한다.

　봄!

　나를 태운 지구가
오늘은
봄 동네를 지나고 있다.

17

소원하는 아이

유성윤

솔잎 냄새
받아다
연필 끝에 묻혀서
할머니 방 문설주에
마디마디 칠하면
소나무같이 사시겠지.

산삼 냄새
받아다
연필 끝에 묻혀서
할아버지 계신 방에
두루두루 칠하면
산삼같이 사시겠지.

동그란 자리

정석영

동그란 하늘
한복판에
내가 서 있다.

하늘 끝 멀리
어깨동무한 산들이
동그랗게 나를
빙 둘러싸 있고.

걸어가면
동글동글
따라오는 하늘

하늘도
땅도
나를 따라 에워쌌네
동그란 자리.

봄볕

박인술

등 너머
파란 보리밭
순이가 캐 담은
냉이 광주리.

밭 가는 아버지
쟁기 흙발에
봄볕이 자락마다
뒹굴어진다.

한나절 아지랑이
나루터에 머물어
긴 낚싯대 드리운
할아버지
뱃전에 졸고 있다.

빗방울들

이창규

수많은 빗방울들
무엇이 그렇게 바쁜지
급하게 내린다.

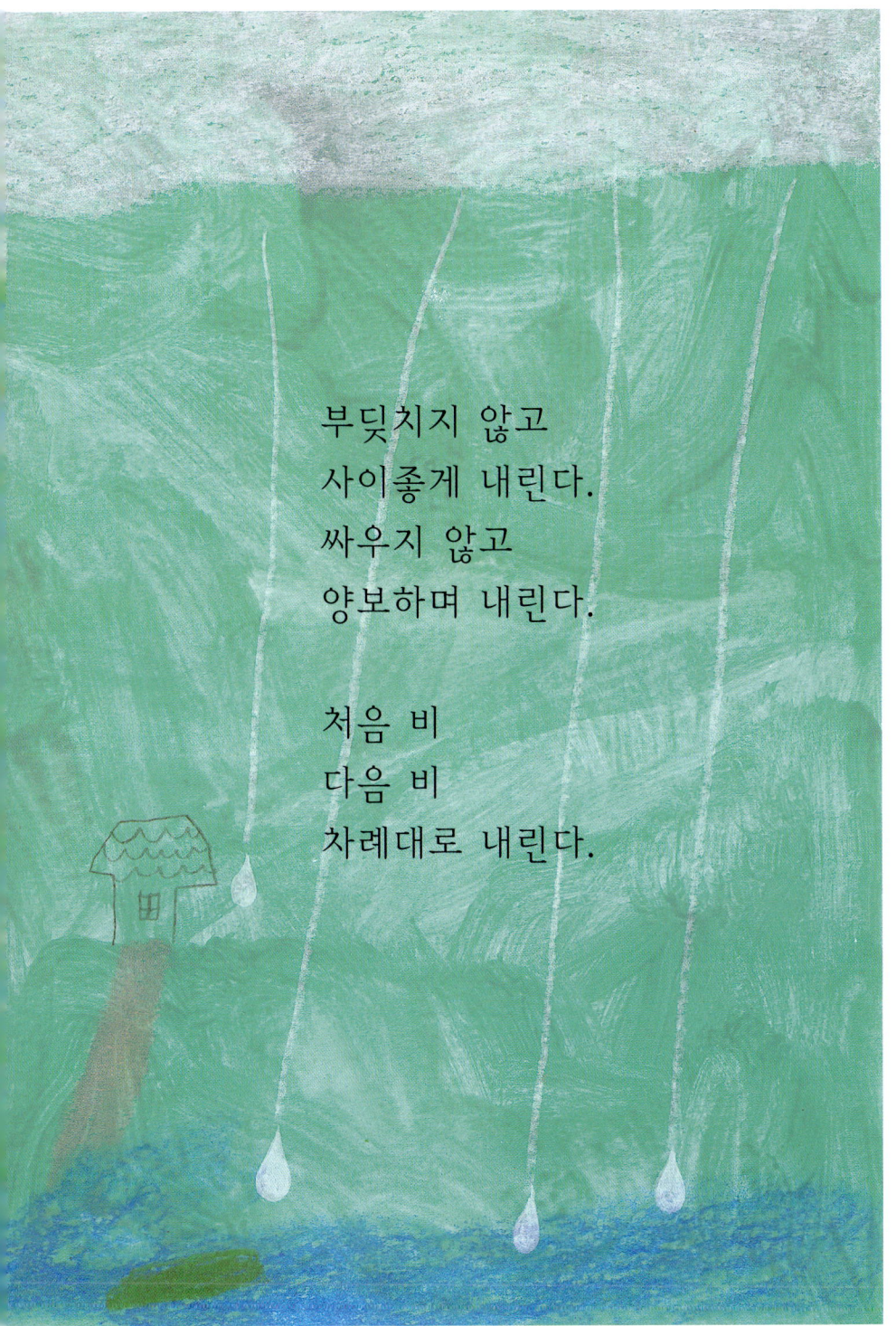

부딪치지 않고
사이좋게 내린다.
싸우지 않고
양보하며 내린다.

처음 비
다음 비
차례대로 내린다.

종이학을 접어서

오순택

푸른 물감이
금방 묻어날 것만 같은
가을 하늘에

나는
종이학을 접어
날려 보냈습니다.

하늘 속으로 몸을 묻은
종이학의 날개에
파아란 물감이 묻어나더니
학은 깃을 치며
멀리멀리 날아갔습니다.

그 후부터
캄캄한 밤 하늘에
별이 하나 둘 돋아났습니다.

학의 눈동자 같은
고운 별이
반짝이기 시작했습니다.

봄 들녘에 나가면

민홍우

아롱아롱
아지랑이가 그물을 짜 펼쳐 놓는다.

바람 한 점
구름 한 덩이
걸릴 것 같지 않은 그 곳에

목련 꽃망울 터지는 소리도 걸리고
진달래 함박웃음도 걸렸다고

봄바람이
귀에다 속삭이고 지나간다.

사랑의 나이테

하순희

울려 오는 수화기에
네 마음도 떨려 온다.

아카시아 향기처럼
번져 오는 정겨움이

서늘한 바람결 따라
흰나비로 살아온다.

푸르디푸르른 꿈
펼치고픈 오늘은

퐁퐁퐁 솟아나는
샘물되어 맑게 웃자.

사랑의 나이테 하나
가슴 속에 그리며.

똑딱선

박홍근

산과 산에 안긴 바다
바다는 진초록 호수.

그 위를 똑딱선이 갑니다.
비둘기장처럼
하이얗고 작은 똑딱선이.

봄날은 맥이 풀리도록 화창하고
산도 바다같이 푸르러만 가는 계절.

똑딱선은 하얀 물장구를 치며
통통 통통 즐겁게 휘파람 불며
연기가 보랏빛으로 사라집니다.

바람 없는 하늘 아래
봄바다는 진초록.
외가로 가는 색동저고리처럼
똑딱선은 흥겹게
물장구를 치며 휘파람 불며 불며.

일기 예보

최향숙

하늘 나라엔
누가 살까?
하느님
하느님
하느님이 사실까?

구름은
왜왜
두두둥실
떠다니기만
하는 걸까?

햇님은
혼자 혼자
외롭지도 않을까?

35

그렇지만
하느님
하늘 나라는
왜 그래요?

비 왔다
해가 떴다
구름 떼
이리저리
정말 왜 그래요?

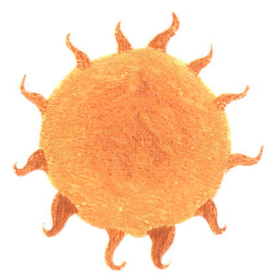

우산을
쓸까요?
우산을
벗을까요?

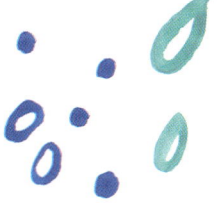

이랬다
저랬다
망설이는
하느님
정말 속상해요.
그렇지만
난 다 알아요.
우리를
혼내 주시는 거죠!

철에 맞춰 사진 찍기

신현득

봄이라꾸요.
사진 찍읍시다요.
꽃포기와 나란히
앉아 보세요.
벌도 찾아오지요.
— 찰깍!
여름이라꾸.
바다를 끼고
앉아 보세요.
물보라에
파도 소리까지
— 찰깍!

가을에는요.
색동옷 입은 나무들과
색동옷 입고
나란히 서세요.
– 찰깍!

겨울날에는
눈사람과 나란히
– 찰깍!

내일은 오늘보다 더 좋은
자취를 남겨야 한다고
손이 발을 씻어 줍니다.
깨끗이 씻어 줍니다.

-〈대낮에 내리는 비〉 중에서

수학 여행

도리천

경주 수학 여행 간
우리 학교 어린이들,

다보탑 석가탑
석굴암 둘러보고.

경주 수학 여행 다녀온
우리 학교 어린이들,

교실 가득 올망졸망
경주 옥돌 옥빛이네.

풀꽃과 나비

임복근

산골 길섶에
한 송이 풀꽃이
외롭게 살아갑니다.

노랑나비 한 마리가
지나가다가

누굴 기다리고 있을까?

이마에
살며시
뺨 대고 앉더니

그만
잠이 듭니다.

풀꽃은
풀잎 손으로

노랑나비를
꼭
안아 줍니다.

운동장

김학근

흰구름 하늘가에
높이 떠 꿈틀이고
소나무 푸른 가지
바람을 막아 주고
짓궂은
아이들 모여
함성 소리 드높고.

유월의 염천 아래
모래알 반짝이고
운동장에 달려오는
아이들 마음 속에
즐거운
학교길에는
하이얀 꿈 가득하다.

여름 오는 소리

김신철

누른누른 보리 이삭
무르익을 때

종달새 하늘 높이
비리 비리 비리
싱싱하게 자라는
잔디밭에서
노오란 민들레
하얀 옷 입고

바람따라 훨훨훨
이별을 할 때.

소쩍소쩍 소쩍새
밤새워 울어 대는
여름 오는 소리

멀리서
아련아련
들려 오네요.

엄마가 아플 때

정두리

조용하다.
빈 집 같다.

강아지 밥도 챙겨 먹이고
바람이 떨군
빨래도 개켜 놓아 두고
내가 할 일이 또 뭐가 있나.

엄마가 아플 때
나는 철드는 아이가 된다.

철든 만큼 기운 없는
아이가 된다.

51

여름 풀밭에

박두순

이른 아침 풀밭에 나가 보셔요.
누가 있나요, 누가 있나요.
사방을 이리저리 둘러보셔요.
풀잎 위에 누구인가 앉아 있지요.
발도 조그만 발가락도 조그만
아아, 이슬들 눈부신 이슬들
모두 모두 새하얀 물동이를 이고
기다리고 있네요, 누구인가를.
어젯밤 칭얼대다 잠이 든
아아, 목마른 풀벌레들들.

친구

조금술

친구 마음 내 마음
내 마음 친구 마음.

친구 생각 내 생각
내 생각 친구 생각.

모습은 달라도
생각은 닮아 간다.

말투도 웃음소리도
몸짓도 걸음걸이도
알게 모르게 닮아 간다.

옷도 신발도
모자도 가방까지도
서로가 같은 걸 갖고파 한다.
언제 어디서나
함께 놀고 공부하면
지루함도 시간 흐름도 모른다.

조약돌

임복근

시냇가에
모여 사는
조약돌

찰방찰방
시냇물에
목욕하고 나면

물고기들이
구슬인 줄 알고
데굴데굴 굴려 보고

별님이 내려온 줄 알고
살살 만져 본다.

물살 위를 거닐던
　아기바람

　물새알인 줄 알고
　살멋살멋
딛고 간다.

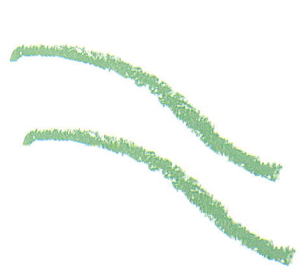

이슬 방울

김삼 진

토란 잎에 마알간
이슬 방울은
실에 꿰어 놀고 싶은
옥구슬 금구슬

바람이 가만히
건드리면
간지러워 또로록
굴러내려요.

아이들이 조금만
건드려도
주르륵 또로록
굴러내려요.

포도알

서정숙

비가 와도
포도알
걱정 없어요.

초록잎 우산 밑
포도알 식구

토닥토닥
소리 맞춰
노래하니까

토닥토닥
소리 맞춰
목욕하니까

포도알
싱글싱글
웃고 있지요.

61

62

냇가에서

유창근

각시잠자리
한 마리가
헬리콥터처럼
빙빙
맴돌다 간 냇가

깊게 가라앉은
하늘 위에서
구름은
커다란 고래가 되어

천천히
물 속을
헤엄쳐 간다.
거꾸로 매달린
미루나무 숲 사이로
송사리 떼가
요리조리
구름을 피해 간다.

산골물

허호석

햇살이
달그락 달그락
가재를 잡는다.

집게발가락에
손가락 꼬집힌 햇살

앗, 따가워!
얼굴 빨그래진 해.

웅덩이 고인 하늘 속
돌 밑에는
해가 하나씩 들어 있다.

달그락 달그락
산골물을 뒤지는 해.

대낮에 내리는 비

윤삼현

해가 환한 대낮에도 비는 내리지
호랑이 장가 보내는 비

실눈들이 휘둥그레 휘둥그레
아이들 깨우러 찾아오는 비
발자취.
오늘은 어디에서
얼마나 좋은 자취를 남겼을까.

내일은 오늘보다 더 좋은
자취를 남겨야 한다고
손이 발을 씻어 줍니다.
깨끗이 씻어 줍니다.

종이 새

권오훈

손 끝에 곱게 접혀
교실 천장에 매달린
종이 새 한 마리

– 쪼로롱
접어 준 고마운 눈빛으로
나를 보고 웃는다.

– 쪼롱
아이들 몰래
나도 눈빛을 보낸다.

공부 시간에
교실 천장 종이 새와
둘만 아는 눈빛 이야기로
선생님 말씀은 귀 밖에서 돈다.

그리운 고향 바다

진호섭

내 고향 바다
아니었으면
고향 바다 그리움
알았을까.

짠내음
콧등 간지르며
파도에 밀려 오는
어린 시절

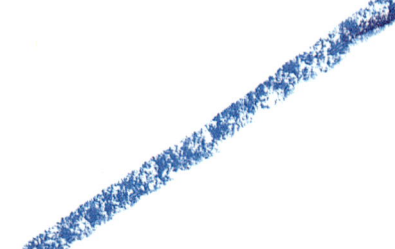

지금도
갈매기 떼
끼룩끼룩

해님 건져 올릴 때마다
그리운 고향 바다
꿈에 어린다.

방학

남진원

맴맴,
매미 우는 소리
내 귀로 들어 봐야지
얼마나 신날까.

들판에 천진스럽게 웃는
꽃향기도 맡아 보고
사그락 사그락
조약돌들이 귓속말하는 시냇물에
간질간질 발을 담궈 볼 거야.

시멘트 집에서 벗어나
새처럼 훨훨
마음에 풍선을 달고
시골에 가는 거야.
말로만 듣던 시골에 가 보는 거야.

갈매기 모여선 운동장

김학근

날고픈 갈매기들
운동장에 모여 서서
파도를 이겨 내며
하늘을 바라보며
청호동
낮게 드리운
운동장의 갈매기들,

오늘도 줄을 맞춰
날개 접어 두고
흩날리는 가슴마다
일그러진 모습으로
파도에
퍼득이는 꿈
묻혀 버린 바다 내음.

도깨비 나라

박종현

도깨비 나라는
동화의 나라

금 나와라 뚝딱!
분홍색 뿔을 달고
방망이를 두드리면
곰이 나와서
우리들을 웃겨 주는
재미있는 나라

도깨비 나라는
요술의 나라

불을 지른 얼굴에는
눈이 한 개도 있고
세 개도 있어

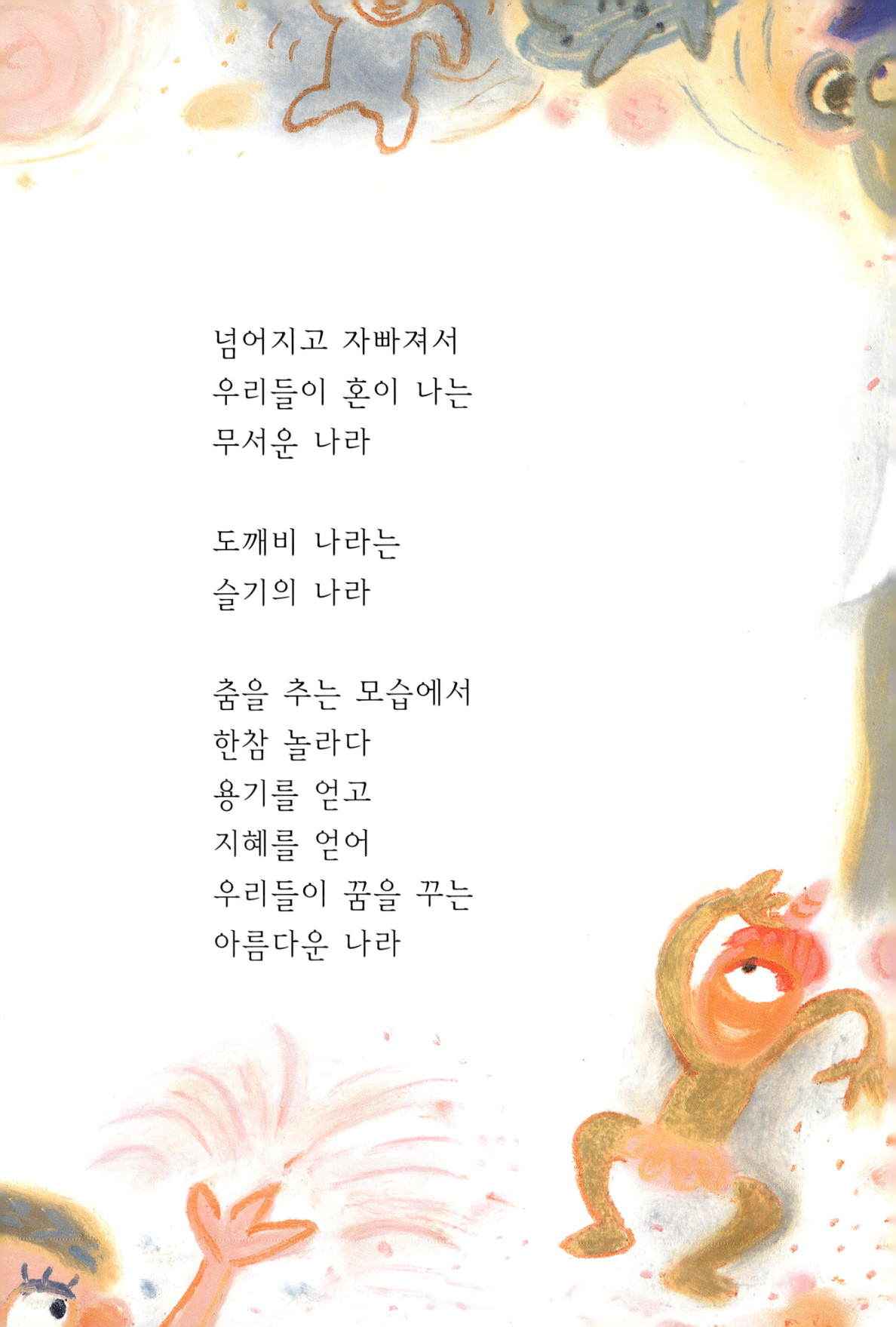

넘어지고 자빠져서
우리들이 혼이 나는
무서운 나라

도깨비 나라는
슬기의 나라

춤을 추는 모습에서
한참 놀라다
용기를 얻고
지혜를 얻어
우리들이 꿈을 꾸는
아름다운 나라

어제 이맘때

한명순

엄마,
나는 컴퓨터인가 봐요
한참 놀다가
배가 고팠을 때
배에서 쪼르륵 소리가 났는데요
시계를 보았더니
바로 어제 이맘때지 않겠어요?

엄마,
나는 틀림없는 컴퓨터인가 봐요
한참 공부하다가
나도 모르게
꾸벅꾸벅 졸았는데요
놀라서 시계를 보았더니
바로 어제 이맘때지 않겠어요?

소백산이 좋아요

박근칠

산은 산끼리
어깨를 짜고
아이들은 또래끼리
어깨동무 하고

충청도 아이들도
경상도 아이들도
토끼같이 뛰고
멧새처럼 노래해요.

일어서는 바람 소리
골짜기 물소리에
가만 있질 못해
온몸을 흔드는 나무들.

구름 속에 우뚝 솟은
소백산이 좋아
산철쭉은 등성이마다
활활 불을 지르네요.

코스모스 길

박영규

산들산들 바람에
코스모스 꽃 향기
감도는 가을

책가방 둘러메고
그 길 걸으면

하양
자색
연분홍

꽃잎마다
자꾸만 따라오면서
내 볼을 가만가만
어루만져요.

가을이 오는 길목
나 또한 나부끼며
아름다운 마음으로
익어 갑니다.

산골집 꽃밭

양회성

산골집 꽃밭은
새들의 둥지.

산 너머 날아가다
힘이 들면은
가만히 나래 접고
한숨을 자고.

산골집 꽃밭은
바람들의 보금자리.

재 너머 지나가다
숨이 차면은
살며시 다가와서
한숨을 자고.

84

꿈 고운 파란 꿈

김재용

해맑은 아침마다
눈빛을 닦고
별 총총 밤마다
맘눈을 닦고

밤 사이 마알간
이슬을 모아
해맑은 아침마다
눈빛을 닦아
꿈 고운 파란 꿈이
보일 때까지.

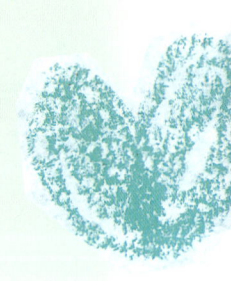

밤 하늘 별 총총
별빛을 모아
별 총총 밤마다
맘눈을 닦아
꿈 고운 파란 꿈이
보일 때까지.

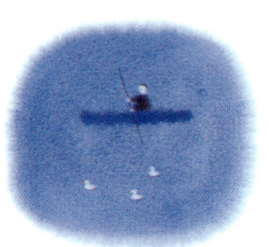

심부름을 하지 않아
어머니께 꾸중을 들었는데도
어머니가 밉지 않으니
참 이상하다.

                              - 〈참 이상하다〉 중에서

아침 햇살이

이준섭

간밤 별꽃을 꽃 피워 온 아침 햇살이
집집마다 새 하늘을 하나씩 내려놓고 있다.

간밤 꿈길을 밟고 온 아침 햇살이
아가 방 유리창에 꽃잎 피워 놓고 있다.

아직 남은 골목 어둠 스슥스슥 쓸어 내며
아직 남은 구석 어둠 슬금슬금 훔쳐 내며

창틈마다 해님 웃음 소르르 솔솔 띄워 준다.
아가 꿈에 햇살 꽃잎 사르르 살살 뿌려 준다.

가을은

정두리

꽃이
예쁘지 않는 일은 없다.
열매가
소중하지 않는 일도 없다.

하나의 열매를 위하여
열 개의 꽃잎이 힘을 모으고
스무 개의 잎사귀들은
응원을 보내고

그런 다음에야
가을은
우리 눈에 보이면서
여물어 간다.

가을이
몸조심하는 것은
열매 때문이다.
소중한 씨앗을 품었기
때문이다.

기웃거리는 까닭

신형건

어제 저녁에 난
늦잠 자는 게으름뱅이 별들을 찾아다녔어.
고롱고롱 코고는 고 녀석들 몰래
옷에 달린 단추를 하나씩 떼어 왔지.
그랬더니 글쎄, 한밤중에야
부시시 깨어나던 녀석들이
오늘은 초저녁부터
반짝 눈을 뜨지 않겠어.
그리곤 자꾸 내 창가를 기웃거리지 뭐야!
어떡할까? 돌려 줄까, 말까?

풀지게

김녹촌

산에 갔다 오신
아버지 풀지게엔
산에 핀 가을꽃이 꽂혔습니다.

싸리꽃, 억새꽃, 도라지꽃,
용담꽃, 잔대꽃, 마타리꽃…….

들에 갔다 오신
할아버지 풀지게엔
들에 핀 가을꽃이 꽂혔습니다.

들국화, 무릇꽃, 고마리꽃,
꽃향유, 날개비꽃, 수크령꽃…….

산과 들에서 온 두 풀짐
마당에 쿵 부려 놓으니

우리 집은 그만
가을 꽃밭이 돼 버렸어요.

황소도 염소도
가을꽃이 향기로워
그저 고맙다 고맙다
하며 먹고 있어요.

수양버들

손광세

치렁치렁
낚싯줄을 드리운
냇가의
수양버들

파닥파닥
물살 거슬러오르는
은어 떼를
낚는다.

99

저녁 노을

손광세

비 맞아 떨어진
벗나무 단풍.
책 속에 고이고이
끼워 두었지만,
나 몰래 빠져 나간
그 고운 빛깔.
누이야,
저 하늘에
걸려 있구나!

가을

김현

가을은
평상 위에
이제는 접혀진
돗자리로 찾아들구요.

가을은
밭에서 일하시는
할아버지의 구멍난
밀짚모자로 지나가구요.

가을은
오솔길에 흩뿌려져
동화책에 넣어 말리던
단풍잎으로 남아 있구요.

가을은
첫눈 내리는 날에
말갛게 울려 퍼지는
새벽 종소리로 사라집니다.

할머니 병실에서

한명순

할머니가 누워 계신 병실에
할머니의 등뼈 사진이 걸려 있다.
박물관에서 본 동물의 등뼈처럼
둥글게 휘어 있는 하얀 등뼈 사진.

언제나 궂은 일 마다하지 않으시고
바쁘게 바쁘게 살아 오신 할머니는
저렇게 굽은 등뼈를
남 몰래 몸 속에다 감추고 계셨구나!

햇살도 가려 버린 어두운 병실에서
할머니의 굽은 등뼈 사진 한 장만
활처럼 하얗게
살아나고 있다.

가을 산길

김용섭

봄햇살 동그마니
모여 앉아

도란도란 속삭이던
산길

바람이 터뜨리고 간
노을 자리에

단풍잎
소복이 모여 앉아

소곤소곤 옛얘기
정답게
속삭이고 있네.

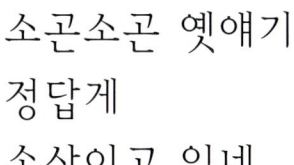

107

낙엽 비

김녹촌

운동장 가로 빙 둘러선
플라타너스나무에서
우수수 우수수 낙엽이 지네

머리에 어깨에
우수수 우수수 떨어지는
낙엽 비.

고슬하고 구름 냄새 나는
향기로운 낙엽 비.

맞아도
맞아도
싫지가 않네.

수북이 쌓인 낙엽
바스락 바스락
밟고 걷노라면

꼭 어느
깊은 산중에
와 있는 것만 같네.

참 이상하다

민홍우

심부름을 하지 않아
어머니께 꾸중을 들었는데도
어머니가 밉지 않으니
참 이상하다.

숙제를 하지 않아
선생님께 야단을 맞았는데도
선생님이 밉지 않으니
참 이상하다.

가을 밤

조금술

가을 밤
풀벌레들이 울어
소리로 꼭 찬 밤길

걸으면 걸으면
소리가 소리가
발에 밟힌다.

걸으면 걸으면
소리가 소리가
손에 잡힌다.

걸으면 걸으면
소리가 소리가
귀에 담긴다.

소리를 밟으며
소리를 잡으며
소리를 담으며

끝없이 자꾸만
걷고 싶어지는 마음
걷고 싶어지는 밤.

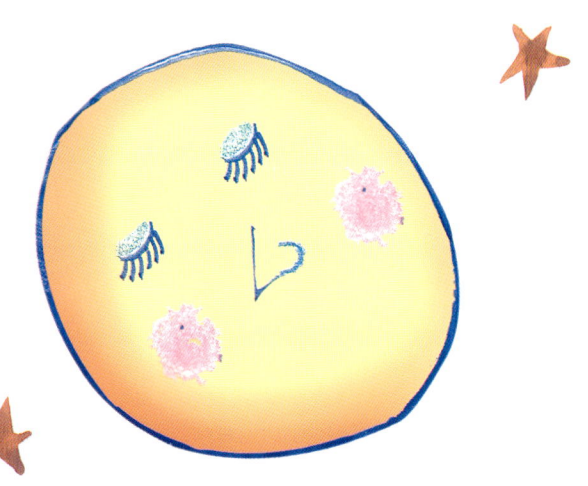

새

박두순

조그만 새 한 마리가
마당에 내려와
노래를 한다.
지구 한 귀퉁이가 귀 기울인다.

새 떼가
하늘을 날며
이야기를 나눈다.
하늘 한 귀퉁이 반짝인다.

바닷가 조약돌

이병휘

파도는 쉬지 않고
날마다 밤마다
바닷가에 나와
예쁘고 고운 조약돌을 만든다.
밤이면 달님과 함께
검정 조약돌 만들고
낮이면 해님과 함께
하얀 조약돌 만든다.
언제나 부드러운 손으로
그 억센 산돌을 캐어다
곱디고운 파도 손으로
조약돌을 만들어

우리 누나 시집 가면
선물로 준다.

고향길

김철민

기차를 타고 버스를 타고
찾아가는 고향은
늘 열살박이로 만든다.　　고향 논둑길
　　　　　　　　　　　　풋풋한 풀냄새
연못을 지나면　　　　　새벽 알리던
넓은 들판　　　　　　　토종닭들도
새 쫓는 허수아비는　　　잘 있는지……
옷이 많이 낡았구나.　　　고향길을 걸으면
　　　　　　　　　　　　반갑고 즐거워
　　　　　　　　　　　　열살박이 웃음이 번진다.

산 속의 작은 집

김삼진

산 속의 작은 집
쬐그만 방에는
아기 혼자 잠이 든 채
누워 있네.

잠에서 깨어나면
틈에 쬐그만 꽃이 되고
쬐그만 아이 들으라고
쬐그만 산새가 날아와 지저귀고

쬐그만 아이 무서울까
밤이면 아기별이 놀러 오네.

그런 줄도 모르고
산 속의 작은 집 아기는
혼자 잠을 자네.

121

청포도

이육사

내 고장 칠월은
청포도가 익어 가는 시절.

이 마을 전설이 주저리주저리 열리고
먼 데 하늘이 꿈꾸며 알알이 들어와 박혀,

하늘 밑 푸른 바다가 가슴을 열고
흰 돛단배가 곱게 밀려서 오면,

내가 바라는 손님은 고달픈 몸으로
청포를 입고 찾아온다고 했으니,

내 그를 맞아 이 포도를 따 먹으면
두 손은 함뿍 적셔도 좋으련,

아이야, 우리 식탁엔 은쟁반에
하이얀 모시 수건을 마련해 두렴.

첫눈

김완기

첫눈이
기다려집니다.

눈을 뭉쳐 눈싸움
눈을 뭉쳐 눈사람

자꾸만 푸른 하늘을
쳐다봅니다.

눈길 위에 산토끼
눈길 위에 달음박질

저 멀리
높은 하늘
눈송이 빚는 소리가
들려 옵니다.

나룻배

김규식

강나루 모랫벌 끝에
나룻배가 산다.

언제나 그 자리에
강물하고 산다.

읍내로 가는 사람
읍내서 오는 사람

바쁠 것도 없이
미룰 것도 없이

온 만큼 보내고
보낸 만큼 맞이한다.

가진 것은 없어도
줄 것이 많은
나룻배가 사는 걸
강물은 알고 있다.

골목길

장현기

우리 동네 아이들이 미끄럼 탄다.
산동네로 올라가는 골목길에서
재깔재깔 재깔대며 미끄럼 탄다.

살짝 내린 눈길 위에 물 뿌려 놓고
반들반들 얼음 얼려 길들여 놓고

재깔재깔 재깔대며 미끄럼 탄다.

지나가는 아저씨가 엉덩방아 찧고
할아버지 엉금엉금 비틀거려도
재깔재깔 재깔대며 미끄럼 탄다.

팽이

양 회성

팽이는
윙윙 울어도
눈물을 보이지 않네요.

한 번 돌면
하나의 시름이
웃음이 되고
한 번 돌면
하나의 슬픔이
기쁨이 되고

팽이는
마냥
한 송이 겨울꽃으로
피고 있네요.

하늘 품자락 안고서
빙글빙글
산자락 감고서
뱅글뱅글
한바탕 춤을 추면

아이들도
햇살도
바람도
모두 하나가 되고…….

채찍을 맞으면 맞을수록
오뚝이로 오뚝 일어서서
웃음꽃을 피우고,

팽이는 겨울의 한복판에서
무지갯빛 고운 꿈으로
피고 있네요.

동그라미

강윤제

하늘 같은
동그라미
하나 꼭 갖고 싶다.

하늘 같은
동그라미
진종일 굴리고 싶다.

하늘보다
더 푸른
동그라미 하나 갖고 싶다.

하늘보다
더 푸른 동그라미 속에
풍덩 뛰어들고 싶다.

밤 열차

이성관

꽃등을 켜고
기차가 간다.
기인 하품 졸음 싣고
철길 따라서
먼 나라 길손인 듯
기차가 간다.

호젓한 산길에서
꿈결 같은 기적 소리
단잠을 재우며,
선잠 깨우며
한 줄기 빛을 따라
기차가 간다.

강물이 흐르듯
기차가 간다.
어둠 타고 치닫는
하늘 나라 꿈열차
물길 따라 배 떠나듯
기차가 간다.

눈 내린 언덕

정두리

눈이 내린
언덕은 환하다.
얼마나 큰 등으로
밝힌 것일까?

눈이 내린
언덕은 깊숙하다.

먼저 내린
눈이 엎디어 주면
사뿐히 내린 눈만
쌓이기 때문이다.

동시 잘 쓰는 법

 ## 체험과 감동이 있는 동시

(좋은 글감과 좋은 표현)

 ### 생활이 담긴 동시

 #### 체험

동시는 쉬워야 합니다. 동시를 어렵게 생각하는 것은 아름답게 표현하려는 욕심 때문입니다.

내가 겪은 일을 꾸미지 말고 그대로 표현하면 됩니다. 체험이란 실제로 겪은 일을 말합니다. 경험이라고도 합니다. 체험에는 직접 체험한 것도 있고 간접 체험한 것도 있습니다. 직접 체험은 자신이 겪으며 보고 들은 것을 말합니다. 간접 체험은 듣고 읽은 것을 말하지요. 독서는 간접 체험의 하나입니다. 동시는 체험한 대로 써야 참된 맛이 있습니다.

아버지가 사 오신
동생 구두

너무 커서 못 신고
긴 구두 끈 끌며
이랴 이랴
소를 모는 시늉을 해요.

너무 커서 신을 수 없는 구두를 소처럼 몰고 다니는 동생의 모습입니다.

글감을 잡는 눈만 길러지면 얼마든지 이렇게 나의 생활을 훌륭한 동시로 빚을 수 있습니다.

"염소야!
 넌 수염 났으니까
 할아버지야."
"매애 매애."
"아니야."
"매애 매애."

염소를 보고 이렇게 시를 쓸 수 있습니다.

대화글도 동시가 됩니다. 대화를 뒷받침하는 설명은

모두 생략했습니다. 이렇게 동물과 지내면서 나누는 대화에도 훌륭한 시가 들어 있습니다.

반질반질
교실 마룻바닥은
미끄럼타기 좋아요.
"창식아! 밀어라."
"민구야! 당겨라."
칙칙푹푹 잘도 간다.
라라라라 라라라라―
쉬― 쉬―
선생님 오신다. (미끄럼)

선생님이 안 계시는 교실은 이렇게 수라장이 되기가 일쑤입니다. 반질반질 윤기 나는 마룻바닥에 밀고 당기고 하는 장면이 눈에 선하게 떠오릅니다. 이런 경험은 누구나 다 가지고 있을 겁니다. 글감을 잘 잡은 동시입니다.

자기가 겪은 일에서 글감을 골라 보세요. 우리 주변

을 잘 살펴보면 글감이 아주 많다는 것을 깨닫게 될 거예요. 모든 사물을 볼 때 한 번 더 생각한다면 좋은 동시를 쓸 수 있을 것입니다.

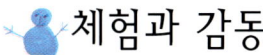 체험과 감동

본 것 + 감동(느낌)

> ① 발자국이 모여 길이 되었다.
> ② 발자국 속에는 이야기가 들어 있다.

①은 본 것이고 ②는 감동입니다. 발자국 속에 이야기가 들어 있다는 표현이 아주 감동적이지요?

> ① 아무도 오지 않은 교실
> ② 책상도 걸상도
>   얌전히 앉아 있다.

①은 본 것이고 ②는 느낌입니다. 책상과 걸상이 얌

전히 앉아 있다는 표현이 재미있습니다.

 체험(행동) + 감동

① 새 신 사 달라면
　"내일 사 주지."
　다음 날엔 또
　"내일 사 주지."

② 어머니의 내일은
　돈 생기는 날.

①은 겪은 일이고 ②는 느낌입니다. 어머니와 나 사이의 조그마한 일도 이렇게 좋은 글감이 될 수 있습니다. 겪은 일에 대한 느낌도 매우 소중합니다.

① 동생이 잡은 매미
　맴맴맴
　자꾸자꾸 우네.

> "엄마가 보고 싶어 우는구나. 가엾다."
> 날려보내라고 했다.
> 내가.

①은 본 것이고 ②는 느낌입니다. 눈에 보이는 것을 그대로 표현하고 거기에 대한 느낌을 쓰면 좋은 시가 됩니다.

글감은 참 많습니다. 순간적인 느낌, 연상(추억), 상상, 공상, 미래에 예상되는 일들을 동시로 써 보는 연습을 많이 하면 좋은 동시를 빚을 수 있을 것입니다.

🐝 행과 연 나누기

동시의 형식은 행과 연으로 나누어져 있습니다. 행과 연은 동시를 쓰는 사람의 마음대로 나눌 수 있습니다. 그러나 행이 너무 길면 재미가 없습니다.

> ① 좁다란 골목길에서 술래잡기하고 놀던 그
> 때가 그립다.

위의 글을 시로 보면 한 행입니다. 그러나 줄글처럼 길어서 시의 맛이 나지 않습니다. 시에서 행이란 시의 한 줄을 말합니다.

② 좁다란
   골목길에서
   술래잡기하고 놀던
   그 때가 그립다.

①은 줄글의 냄새가 물씬 풍깁니다. ②는 행을 나누어 놓았기 때문에 동시라는 것을 금방 알 수 있습니다.
동시의 행은 한 개의 낱말도 되고, 두 개의 낱말이 한 개의 행이 될 수도 있습니다.

 연 나누기

① 새콤새콤 모과 말만 들어도 이가 시리다.
   모과나무 밑에서 꼬맹이들이 꼴깍꼴깍 침을 삼킨다.

한 입 깨물고 눈이 샐쭉 두 입 깨물고 코가 찡긋

새콤새콤 모과를 먹는다.

위의 동시는 네 개의 행(줄)으로 되어 있습니다. 한 행을 한 개의 연으로 생각해도 됩니다. 행이 너무 길어 시의 맛이 제대로 살지 않습니다.

② 새콤새콤
　모과
　말만 들어도
　이가 시리다.

　모과나무 밑에
　꼬맹이들이
　꼴깍꼴깍
　침을 삼킨다.

　한 입 깨물고

눈이 샐쭉
두 입 깨물고
코가 찡긋

새콤새콤
모과를 먹는다.

 한 행을 한 개의 연으로 생각하고 연을 나누어 본 것입니다. 행이 간결하게 나누어지고 연도 네 개로 나누어지니까 시의 맛이 한결 더 느껴지지요.

 일기의 한 장면을 옮겨 놓고 시로 다듬어 봅시다.

 얼음판에서 팽이를 돌렸다.
 뱅그르르 팽이가 잘 돈다.
 팽이는 어지럽지도 않은지 자꾸자꾸 뱅뱅 돈다.

 얼음판에서

팽이를 돌렸다.

뱅그르르
팽이가 잘 돈다.

팽이는
어지럽지도 않은지
자꾸자꾸 뱅뱅 돈다.

맨 처음 줄글을 쓰고 한 줄을 한 개의 연으로 생각하고 행과 연으로 갈라 보면 겪은 일을 쓴 동시가 됩니다. 이렇게 동시를 쓰면 흉내내는 동시가 되지 않습니다. 자신의 생각과 목소리가 담긴 동시가 됩니다.

동시 감상하기

동시를 감상하는 일은 동시를 짓는 기초가 됩니다. 동시 감상법에 대해 알아볼까요?
동시를 감상할 때는 먼저 동시의 짜임(구성)을 살펴

야 합니다. 몇 연 몇 행의 동시인가 보는 것입니다. 다음에는 동시의 중심 생각을 살펴야 합니다. 중심 생각은 바로 주제입니다. 다음에는 동시의 소재(글감)가 무엇인지 살펴야 합니다.

그런 다음 소리내어 읽어 봅니다. 소리내어 읽는 것을 낭송이라고 하고, 외워서 읽는 것을 암송이라고 합니다. 낭송하면서 어디에 소리를 높이고 어디에 소리를 낮출 것인지 어느 낱말을 길게 소리 낼 것인지 어느 낱말에 짧게 소리 낼 것인지 생각하고 그대로 낭송하면 됩니다. 동시 낭송을 잘 하면 듣는 사람의 마음을 푸근하게 해줄 수 있습니다.

눈 감으면
그리운 고향이 환히 보인다.

지금 무얼 할까?
고향의 옛 동무들.

아!

가고 싶다.
좁다란 골목에서
술래잡기하고
놀던 옛 고향으로.

　우리의 마음을 그리움의 늪으로 빠지게 하는 동시입
니다. 어릴 때의 고향 풍경은 잊을 수 없지요.
　고향의 풍경을 아련히 떠올리며 나지막한 소리로 낭
송해 보세요. 나도 모르게 고향으로 가 있음을 느낄 수
있습니다.
　'지금 무얼 할까?'에서 '지금'을 낮은 소리로 읊고
'무얼 할까?'에서는 조금 높여 소리를 냅니다. 고향에
대한 궁금한 마음을 드러낼 수 있게 낭송합니다.
　마지막 연 '아!'는 길게 낮은 소리로 읊습니다. 그리
움으로 가득 찬 분위기를 만들도록 낭송합니다.

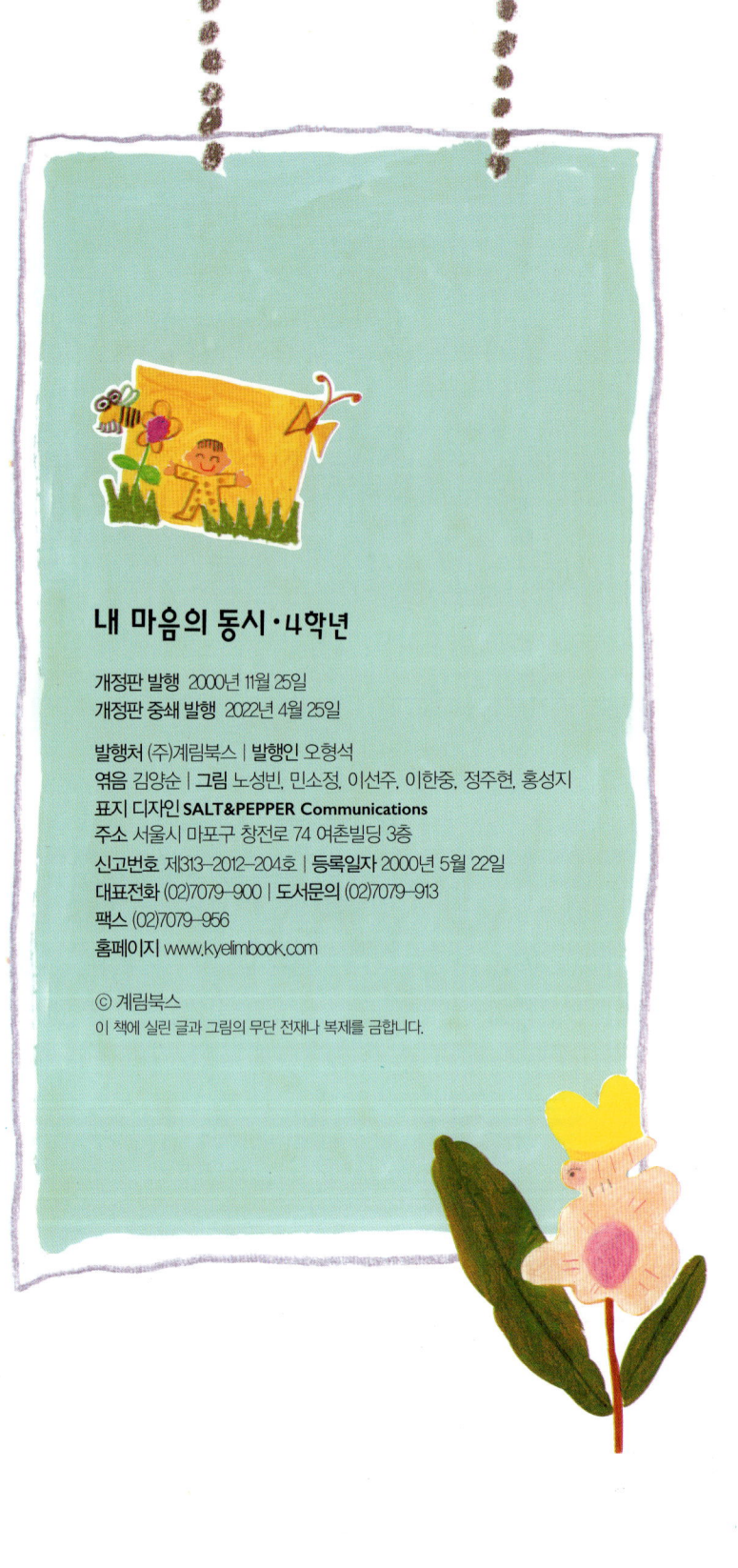

내 마음의 동시·4학년

개정판 발행 2000년 11월 25일
개정판 중쇄 발행 2022년 4월 25일

발행처 (주)계림북스 | **발행인** 오형석
엮음 김양순 | **그림** 노성빈, 민소정, 이선주, 이한중, 정주현, 홍성지
표지 디자인 SALT&PEPPER Communications
주소 서울시 마포구 창전로 74 여촌빌딩 3층
신고번호 제313-2012-204호 | **등록일자** 2000년 5월 22일
대표전화 (02)7079-900 | **도서문의** (02)7079-913
팩스 (02)7079-956
홈페이지 www.kyelimbook.com